KB126469

햇빛 산책자

최동일
1974년 전라남도 순천에서 태어났다.
2009년 『서정과 현실』을 통해 시인으로 등단했다.
시집 『햇빛 산책자』를 썼다.

파란시선 0105 햇빛 산책자

1판 1쇄 펴낸날 2022년 9월 10일
지은이 최동일
디자인 최선영
인쇄인 (주)두경 정지오
펴낸이 채상우
펴낸곳 (주)함께하는출판그룹파란
등록번호 제2015-000068호
등록일자 2015년 9월 15일
주소 (10387) 경기도 고양시 일산서구 중앙로 1455 대우시티프라자 B1 202-1호
전화 031-919-4288
팩스 031-919-4287
모바일팩스 0504-441-3439
이메일 bookparan2015@hanmail.net

ⓒ최동일, 2022, printed in Seoul, Korea

ISBN 979-11-91897-29-6 03810

값 10,000원

햇빛 산책자

최동일 시집

시인의 말

두어 해 남짓 멀리 쏘다녔다. 돌아온 뒤 낡고 닳은 신발을 벗어 신발장에 넣어 두었다. 그 길, 저 길과 그곳, 저곳을 함께 오래도록 걸었으므로. 그 뒤 다시 떠나지 못하고 가까운 데로만 돌아다녔다. 그사이 십수 년이 흘렀다. 먼 곳이 아예 잊힐까 싶어 그 신발을 꺼내 신어 보았다. 겨우 한 발 디디자마자 신 바닥이 잘게 바스라지고 옆구리가 터졌다. 걸을 수 없었다. 계절이 바뀌도록 기다렸다. 새 신발에 왼발부터 밀어 넣는다. 오른발까지 꼭 감싸 안겨 한 걸음 두 걸음 내디딘다. 사뿐사뿐 나는 걷는다. 이번엔 더 멀리 쏘다니려 한다.

차례

시인의 말

제1부

확산

꽃 핀 금목서와
꽃 피지 않은 은목서
사이,
없는 길로 걷는다

내 이름 부르며
날아온 새,
두 눈을 쫀다

핏물의 향기,
오른편과 왼편을 지운다

할머니를 바라보다

돌무더기 속에서 십 년 넘도록
살고 있는 석류나무에게
가을마다 열매를 맺는 일은 고통일까,
석류나무 아래 기름진 땅에서 석류나무만큼
살고 있는 동백나무에게
겨울마다 꽃을 피우는 일은 환희일까

여든아홉 해 살고 있는 할머니가
동백나무 곁에 꼭 붙어서
옆집 안마당에 놓인 꽃상여를 내려다본다
겨울은 물러가지 않고
봄은 멀리에 있는 아침 한나절

낮은 돌담 위로 꽃상여가 흘러간다
여든아홉 먹은 할머니를 싣고서,
석류나무 아래
동백나무 곁에 선 할머니가 차츰 작아진다

겨울은 물러가고
봄은 더욱 가까이에 있는 아침 한나절

석류나무는 비어서
동백은 꽃이 져서

짐노페디

─

너른 마루에 엎드려서 본다
할미꽃과 수선화, 수돗가 큰 통의 물
햇살이 그득 뿌려져
빛해파리가 하늘거리는 물
드러누워
처마 속 유영하는 금빛 그림자도 보다가
어룽어룽 잠이 든다

오소소 떨며 눈뜨면
햇살도 빛깔도 거두어지고
물감 씻긴 그림처럼 낯선 세상

쭈그리고 앉아서 본다
마당나무하늘……

절반을 잃고, 다시 시작하는 오후

─

숨

차고 넘치는 빗소리에

휩쓸려

새벽은 까마득히 떠내려가고

빨래처럼 젖은 아침,

잿빛 나비도 한 마리

물방울처럼

엉겅퀴 꽃에 앉아

저녁 한 그릇

대밭, 돌보지 않은 차나무 덤불에서 사기그릇 하나 주 웠습니다 빗물이 고여 이끼가 자라고 꺼멓게 나무 먼지가 끼어 있었습니다 뒤뜰을 돌아 텃밭을 지나 샘터로 가지고 갔습니다 찬물 한 세숫대야 찰랑찰랑 받아 놓고 볏짚에 모 래 묻혀 빡빡 문질렀습니다 오랜만에 더께 벗으며 사람 손 에 만져지며 그릇은 스스럼없이 햇빛을 퉁겨 냈습니다 언 저리에 이 나간 데 없이 몸에 금 간 데 없이 어제 구운 듯 멀쩡했습니다 내내 숨겨져 있던 복(福)도 그릇 안에서 밝 게 드러났습니다 참 오래되었으나 내 밥그릇보다 큼직해 서 머리에 써 보았습니다 겨우 밥 한 공기 되는 머리통이 들어갈 듯 말 듯 했습니다 해거름이 오도록 마당에서 놀 며 푸짐한 저녁을 기다렸습니다 그릇을 부뚜막 위에 올려 놓고 따스한 쌀밥 한 그릇 바랐습니다 하지만, 죽은 사람 밥그릇은 산 사람이 쓰는 게 아니란다 죽은 사람 것이니 밥을 담아도 산 사람이 먹어서는 안 된단다, 할머니 말에 화들짝 놀라 대밭을 다녀와야 했습니다 그릇은 냉큼 어둠 속에 삼켜져야만 했습니다 마침 대밭 가득 사나운 바람 소 리 일고 있었는데 그날은 요만큼도 무섭지 않았습니다 이 상하게 오줌은 안 마렵고 한 술 받지 못한 그릇처럼 자꾸 배가 고파 왔습니다 뒤뜰을 돌아 텃밭을 지나 얼른 부엌

으로 달리던 예닐곱 살 무렵이었습니다

알

빗방울이 수박 씨앗처럼 떨어지고 있다, 마당에는

살아 있는 동그라미로 쉴 새 없이 깜빡거리는 수면

빗방울과 동그라미를 피해

빗물에 꽁무니를 적신다, 잠자리가

살짝 살짝

닿는 수면에도 조그만 동그라미가 그려지고

그렇게, 동그랗게,

월계수 이파리만큼 상쾌한 파종의 시간

채워지고 있다, 가득히

지렁이

이불 켜켜이 숨은
궤 속 동화책을 다 꺼내 읽은 날,
다섯 식구 이불을 죄 끄집어내고
안에서 닫아걸었다
쥐눈이콩 서 말의 잠을
또르르
또르르
또르……
마당으로 굴리는데
드르……
드르륵
드르륵
궤 밖에서 고양이가 발톱을 세웠다
유성우가 하늘 가득 빗금을 긋고

내가 보이지 않았다

이발소 가위에게 들은 이야기

거울에 비친 얼굴이 물속인 듯 아득하게 보여도

오동잎 한 잎 두 잎 떨어지는, 라디오에 귀 기울이며

머리칼 근질거리는 볼따구니를 씰룩거릴 때

붕알시계는 늘어지며 대여섯 번 울리고

싸르륵— 사륵—

가죽띠에 면도칼 가는 소리, 목덜미 쓰다듬을 때

혼자 걸어온 길 돌아보듯 고개를 돌리면

문밖에서는 닿을 듯이

갓 서른 살 된 아버지가 나무 의자에 앉아

스물아홉 먹은 나를

세발자전거와 함께 기다리고

신작로 곁 미루나무 아래로는

눈깔사탕 같은 해가, 사…각…사…각… 녹아들고 있네

허허벌판에 가오리연 뜬다

무지개표 개 사료 포대 옆구리를 칼로 가른다
삭은 밑바닥 물고 있던 실, 마저 뽑는다
무쇠 가위로 마름모꼴 오리고
밥알 발라 대오리를 열십자로 붙인다
남은 종이 가져다 두 귀를 단다
꼬리는 밥풀 묻혀 치렁치렁 잇고, 기다란 목숨 같은 줄
가슴에 맨다

세차게 높새바람 분다
줄줄 풀리는 연줄, 허허벌판에 가오리연 뜬다
몸 가득 바람을 안고
훌쩍 솟구쳐 올라
심해어처럼 깊고 푸른 하늘을 헤엄친다
저 위에서 내가
나를 내려다보기에
하루 종일 줄을 붙들고, 눈이 시리도록 올려다본다

해거름에 노을 번지고
바람은 잦아들 줄 모르고
나는 연을 끌어내리지 않는다

타닥타닥 저녁별 붙을 때
불덩이 하나
팽팽한 줄에 실어 바람결에 올려 보낸다

별빛 끌어모으며,

황금 가오리가 너울너울 하늘 밖으로 날아가고 있다

샘안집

나, 꽃 피던 때 잊어버리고
낙엽처럼 떠돌다
그 집을 찾아갔더니

머리카락에 은하수 깃든 나무
둘레로 굽이치는 별빛
마당을 그득 채우고
담 밖으로 넘쳐
그리로 통하는 것들 모두
빙글빙글 돌며 몽유하게 하는,
들이마시는 숨
내쉬는 숨 그대로
반짝거리게 하는

혼돈의 시절이었네

상쾌하게
키 큰 여인의 나무 아래로 거닐며
그때 돌아올 수 있게
나, 꽃 피는 첫 기억을 그러모으네

검은 술

느릅나무 둥치 매미 껍질,
몸 떠나고 무려 세 계절이 지났는데
여전히 느릅나무를 부여잡고 있다

소나무를 돌아나간 칡넝쿨,
밑동에서 저 가지 끝까지
십 년째 소나무를 비틀고 있다

흙 바로 위 칡넝쿨을 자르고, 느릅나무와 소나무 사이에서 그 뿌리를 캔다 곡괭이질 삽질로 몸 웅크릴 만큼 구덩이를 만들어도 끝 간 데가 보이지 않는다 체념하듯 드러난 뿌리 아래쪽을 끊어 버린다 남은 넝쿨과 뿌리는 서서히 썩어 가고, 매미 껍질은 곧 바스러질 것이다 소나무와 느릅나무에 새순이 돋아도, 메우지 않은 구덩이는 입 벌리고 있을 것이다 매미 유충이 느릅나무를 기어오르는 동안, 캐낸 칡뿌리는 마루방 구석 항아리 속에서 검은 술이 된다 지난겨울 구덩이를 파던 삼촌이 한입 가득 그 술을 머금는다

묻다

一
혼자 긴 줄을 끌고
늘 앞서가던 검은 염소는
첫배가 부풀어 오르더니
칼칼한 바람이 빈속 할퀴는 헛간에서
미역처럼 젖은 새끼들을 낳았지

속 깊숙이 들어가 웅크려도
헛헛한 지붕 아래
새끼들은 미지근한 젖을 빨며
마른 지푸라기 씹으며 설사를 해 댔지
젊은 아버지가 쓴 약은 듣지도 않던 그 겨울
혹한조차 똥을 뭉치지는 못했지

늙은 산역꾼처럼 나는
감나무 아래 언 땅을 파
진눈깨비 맞으며 하나 묻고
썰매를 타다 돌아와 하나 더 묻고
묻고

一
잃은 온기를 더듬거리는 검은 염소,

26

조약돌처럼 만질만질한 그녀의 뿔을 만져 주었지

염소가 무엇으로 사는지도 모른 채

독(毒)

새들 사이엔 소문이 없다
붉은 열매를 삼키고
어제 죽은 새 옆에서
오늘의 새가 퍼덕거린다
고양이들 사이에도 소문은 없는지
얼룩 고양이는 돌아오지 않고
검은 고양이가 싸늘한 새를 어슬렁거린다, 미련 없이
온기 남은 새만 콱 물고 달아난다
아무도 쫓지 않는데,
그들에게서 붉은 열매보다 진한
핏방울이 똑똑 떨어진다
붉은 열매는 한 사발쯤 남았고
매혹당한 새와 고양이가 다 가져가도
그냥 두거라, 타이를 말이 없다
다만 고양이 속에 든 새 속에 든
열매만 붉게 생각할 뿐
나는 매일 눈으로만 한 알씩 따 먹는단다, 중얼거리면서

꽃을 위한 프렐류드

피라칸사스 꽃은 봄에 핀다는데,
서른 해를 살고도, 그 꽃 한번 보지 못했다
소포처럼 집으로 가던 가을이나
떠나던 겨울 반나절,
피톨마냥 붉디붉은 열매만 볼 수 있었다
그때마다 붉어졌다, 나는
꽃 핀 적 없이 흘러가는 것만 같아서……
그래서였을까, 새가
열매를 쪼고 삼킬 때마다
불씨 놓인 듯
손바닥이 뜨끔, 뜨끔거렸던 것은……

눈 녹이느라
열매 다 떨어지고
불붙는 나무처럼 나도 떨린다

올봄에는 피라칸사스 꽃 피자, 내 곁에서

빈 곳이 없다

하늘을 쏴─아 비질하는 솔숲 지나며
헝클어진 머리 감는다
땅의 뿌리처럼 솟은 상수리나무 따라
가느다란 팔과 다리 쭈욱 뻗는다
겨울에 더 부신 백양나무와
죽은 듯 생기 없는 아카시아나무
사이로 드드드드 들리는 딱따구리 소리
조그만 귀에 쓸어 담는다
푸석푸석한 영혼처럼 산자락 가득 메운
억새풀 헤치고
마른 풀 밟으며 오솔길에 들어선다
언제나 그렇듯이 오솔길은 들길로 이어지고
눈앞에 훤하게 열리는 들판
한없이 가벼운 나
사뿐사뿐 들길 걸어 빈 들판으로 접어든다
구름 그림자처럼 한참 들판을 가로지르는데
흰 꽃잎이 하늘 한가득 날려 온다

그 자리에 서서 온몸으로 흰 꽃잎을 맞는다
뒤돌아보니 산도 없고

올려다보니 하늘도 없고 둘러보니 들판도 없다

나무와 나

―
돌아다니고 싶어 하는
나무의 꿈은
바람결에 이파리를 날리고
열매를 떨어뜨리고

머무르고 싶어 하는
사람의 꿈은
한 그루의 나무라도 심고
그늘을 찾아서 앉고

멀리 떠돌다가 불쑥 돌아와서
껴안는다, 나는

나보다 먼저 태어나서
나 죽은 후에도
거기 살아 있을 한 그루의 나무를……

나무보다 늦게 자라나서
나무 잠든 후에도
―
내내 뜨거울 나무의 열매들을……

32

나무는 내 날숨을 들숨으로 품고
나는 나무의 열매를 보듬는다

다시 떠나며
먼발치에서 돌아보니

하늘 너르고
오랜 대지에
햇빛과 비와 바람의 집 한 채, 나의 나무

뼈와 불꽃

큰바람에 쓰러진 대숲에서 녹슨 톱으로 톱질을 한다
늘 부드럽게 춤추던 대나무들은 죽어서 뻣뻣하다
까맣게 타들어 간 마디, 마디를 자르다 보니
먼 훗날 흙에 묻힌 내 뼈마디가 만져진다
축축하다

저물녘에야 대숲을 통과하는 길 뚫렸으나
눈발 흩날리고
대숲 나가서 보니 거기서부터 오솔길 나 있다
이제 이르러야 할 곳을 모르겠다
흩어진 마디를 껴안고 돌아와 아궁이에 밀어 넣는다
뼈마디가 타는 불꽃이 대숲의 동백처럼
맑갛다

제2부

꽃 지고 눈 내리는 봄날

잘린 매화나무 가지를 대여섯 개 주워다가
항아리에 꽂아서
햇볕 잘 드는 창가에 두었더니
가지마다 푸릇푸릇 물이 올랐습니다
쌀알처럼 꽃눈이 맺히더니
사흘 또 닷새 지나는 동안 젖꼭지만큼 부풀었습니다
아흐레 되던 날 아침에는
만진 적도 없는데
흰 꽃 송이송이 방긋 벌어져 있었습니다
바람은커녕 꿀벌도 날지 않는 집 안에 여린 향기가 돌고
뭉툭한 매화나무 한 그루
아이 잃은 엄마처럼 창밖에 덩그러니 서 있었습니다

벌써 삼월인데 소금 가마니 터진 듯 하루 종일 눈이 옵니다
남은 매화나무는 눈송이를 그득 껴안고
떠나온 매화나무 가지에는 꽃이 하나 둘 저물고 있습니다

그믐

—

매화나무에 물 주러 갔다
꽃그늘 아래 영영 드러누운 사람

산밭에 그 사람의 그림자를 묻고 돌아와
진흙 묻은 신발의 몸, 놓는다

허기진 빈방의 시절이라서
불 넣지 않은 방구들에
웅크린 만큼 잘 마르지 않는다

그날 그 사람의 날숨과 들숨이
몸을 드나들고, 잠잠해지고

물풀처럼 엉기는 잠 흙에
두 발이 감겨
잠 길 밖으로 벗어나지 못하는 나

그 사람의 그림자를 지우던 해 아래
나 혼자, 그림자 없이
그 사람의 집으로 돌아가고 있다

—

매화 꽃잎은

그 사람의 웃음처럼 흩날리고

진달래

딱 한 번 피는 꽃을
딱 한 번 오는 봄에
기차를 타고 보러 갔더니

매화는 어제 졌다 하고
도화는 내일 핀다 하고

아무도 오르지 않는 뒷동산에서
나만 걷고 또 걸으며
그 꽃을

눈으로 움켜잡는다,
던져 눈꺼풀 위에 올려놓는다,
분홍색 공깃돌처럼

거듭해서 반나절만
시간의 밑바닥으로 떨어지지 않게

기차가 올 때까지

맨발

두 해 건너 이팝나무 아래로
나를 이끈 건
연초록 잎 위에 소복이 쌓인 흰 꽃 무더기였다

―그 아래서 넌 팔짝팔짝 뛰어다녔지, 난 뒷짐이나 지고

빛이 눈부신 날들이나
비바람에 휩쓸리는 날들이나 늘
꽃을 바라보고 있었는데
뻐꾸기 울 무렵
꽃은 땅으로 소록소록 내려앉고 말았다

―언젠가 이 꽃, 다시 보러 오지 않겠니? 넌 고개만 갸웃

이팝나무 곁에 서서 난
꽃 진 하늘만 올려다보다
잠시 손 놓듯이 돌아선다, 신발을 벗어 두고
내 귀에는 들리지 않게
네 이름을 부르며

귀를 사랑하여

낯선 널 여는 문고리인 줄 알고
말 부으며 혀 내밀다가
영하 삼십일 도의 언 쇠붙이에 끌리듯
혀끝이 착 귓바퀴에 들러붙고 말았다

촉수가 잡혀 말 튕겨 내지도
귀 핥지도 못하는 혀
살살 떼어 보려 하지만 끝 아리는 혀
닿기도 전에
광대뼈에서 얼어 버리는 눈물

급랭한 물고기처럼 생혀가 터질 듯하여
널 두 손으로 어루만지며
말이 될 수 없는 입김을 뿜어내며
녹여 달라 하지만
넌 살짝 웃음만 흘린다, 대리석처럼

혀 뒤틀릴 때까지, 넌 대체 누구며
왜 열리지 않는 네 앞에 난 무릎을 꿇고 있나,
말 대신 침 흘리나

너에게로 이르지도 못한다

칼날처럼 하얀 네 귀에
내 생살을 날인해야 할

혀 빠져 죽느니

저물녘

미루나무 세 그루
강물에 긴 그림자를 눕히고

흰 새 아홉 마리
높은음자리로 날아갈 때

잡았던 손 놓고
꼭 껴안은 두 사람

바람에 헝클어지는 머리카락
반짝이는 눈빛

독방

불 나간 방, 직육면체의 어둠
밑바닥에 눌린 지렁이
오른 옆구리에 박히는 철사
번쩍 뜨는 눈, 보이지 않는 철사
아픈 데를 어루만지면
고쳐야 할 상처도
뽑아내야 할 철사도 없고
입술 쥐어뜯는 신음 소리만

찌릿하게 다시 왼 옆구리에 꽂히는 철사
왼쪽으로 뒹굴고
오른쪽으로 뒹굴어 보지만
끝내 바깥은 없고
녹슨 철사들, 온몸을 잘게 찔러 대니

스위치를 찾느라 더듬거리며
지렁이가 보는 어둠이 지렁이를 들여다보는 어둠 속에서
꿈틀꿈틀 말라 가는 지렁이
뚝뚝 끊어지는 지렁이

탈각(脫殼)

깊은 잠 잘 수 없는
마른 웅덩이의 시절
발바닥에 묻은 흙 떨어내며
물끄러미 나를 내려다본다
나는 누가 살던 사람일까?

봄-여름-가을-겨울-봄

이마 쓰다듬으며, 먼 풀밭 거닐고
손등의 흉터 만지며, 검푸른 물 헤엄친다

겨울-가을-여름-봄-겨울

문 열어 두고 나온, 나는
이제 누가 살 사람일까?

다크우드(darkwood)

이반의 머리 위로 솔개는 날지 않고
그의 태양은 구름 속에 묻힌 날
숲에 드는 나스타샤를 위해 첼로를 켜 주오

활이 현 위로 미끄러질 때
흩뿌리는 빛 맞으며
가지 끝부터 투명해지는
검은 나무들 사이
나스타샤도 손톱부터 차츰 밝아지리니

까마귀 떼만 떠도는,
말(馬) 잃어버린 이반은 영영
나스타샤를 돌아보게 할 수 없으리니

낮고 느리게
첼로를 켜 주오, 나스타샤의 작은 발이
바닥없는 어둠에 빠지기 전에

Gracias a la vida

바람을 줄기차게 달리면 생각은
손수건처럼 나부끼니
다행이지, 부끄러움이 빛바래게 해 줘서

바람은 나를 이토록 마르게 하는데
신기하지, 바람 속에서도 땀이 맺히니
들끓는 내 몸을 못 견디고 나온 독(毒)일지도

드넓은 강을 건너도
그나마 너는 망각되지 않으니
기쁘지, 자전거와 함께 강변에 드러누운 내게
네 손길처럼 햇볕은 볼을 어루만지고
네 입김처럼 구름은 이마에 모였다 흩어지고

어젯밤 어디에서 넘어졌는지
왼 무릎이 아프지만
널 만난 지상의 첫날처럼 밝고 푸르니

한 줄 흐르는 눈물

햇빛 산책자

숲길 듬성듬성한 햇빛 밟으며
여름 산 할짝할짝 내려가던 나를
샛길이 끌고 간 곳에
매미 소리만 찌르르한 암자 한 채

앞마당 가로지른 빨랫줄엔
흰 목수건 한 장
만년일광(萬年日光)을 시방(十方)으로 펄럭거린다
오래 사랑했어야 할 그 사람
새하얗게 잊힌
지난 여름날의 일력처럼

그 사람도 이 햇빛을 맛보겠지,
이제 그만
두 귀를 문 빨래집게마저
놓아주어야겠어

연보랏빛 배롱나무 꽃에게
말하고 돌아서는 길,
싱싱한 햇빛이 뼛속까지 환하다

물속의 거울

유리창을 지나온 햇빛이
나를 통과하지 못하고 고이는 오후,
몸은 들끓고
그을음 같은 생각들, 마룻장에 켜켜이 내려앉는다

손은커녕 물로도 닦을 수 없는 흔적,
이곳에 내가
있을 시간만큼 차디차다

웅크린 채로

새끼 고양이가
노란 국화 아래서
뒤를 돌아본다, 머나먼 창밖

흐릿한 내 안에서 이리 선명한

빈방의 빛

침묵하던 책들,
출렁이던 음악, 거두고
수챗구멍 같은 잠
밝혀 주던 머리맡의 불빛, 끄고

벽을 쓸어 보는 자

쭈그리고 앉아
잘린 햇빛에 오른손 왼손 뒤집다
헝클어진 먼지 속에서
털 하나 집어

한 번 두 번 세 번 꺾이는
털을 꼭 집어

뒷걸음질쳐 나가는 자

12월 31일

밤의 창문에서 쏟아지는 눈송이들, 네 다락방으로 날린다
길 위에 신발을 팽개치고 스스로 갇힌 네 열망, 뜨겁고
웅크릴 데조차 없는 네 절망 더듬는 책, 차갑지만
눈송이들, 네 숨결에 쓸려 흔들리기도 하면서
네 노래에 빠져 지워지기도 하면서
너 혼자 있는
세계의 끝으로 몰려온다

내일은 오지 않으리니
잠들지 마라

혼자 추는 탱고

하늘 위 설국에 거센 바람이라도 부는가,
북극 신의 숨결 실은 구름이
머리 위
눈보라로 휘몰아쳐 오고
오래오래 하늘을 올려다보는 내 눈동자 속으로
솔개 한 마리,
백만 이랑의 물결에도
휩쓸리지 않는 꽃잎처럼 느리게 맴을 그린다

저 멀리서 늑대가 떼로 몰려오는
설원의 하늘,
아우우우우우 그런 하늘에 푹 잠긴
내 머리도 수박처럼 시원하고
바람도 겨드랑이 아래 손을 넣어 줘
나는, 두 팔을 쭉 뻗고
한쪽 발끝으로만 거대한 땅을 딛고 서 있다

바람의 소리

새, 날다 오른쪽 눈을 감는다
손바닥으로 나, 왼쪽 눈을 가린다
새와 나, 사이
흰 글씨 빼곡한 검은 페이지들, 빠르게 넘어간다
더듬거리는 내 눈, 대신 네 숨결을 내 귀가 하염없이 읽
는다

꼬리별 약전(略傳)

떠오르다 맴을 그리며 처박히고
떠올라 체머리를 흔들며 내려오던 연,
아침부터 센바람을 기다리던 파란 연은
오후가 되어 가까스로 하늬바람을 타지만,

한숨도 망설임도 없이

솔개처럼 수 미터씩 가파르게 솟구쳐 올라
연줄이 더 이상 풀릴 수 없는 곳에 이르러
새파란 저수지와 산과 들판과 마을을 굽어본다
연줄에 묶인 대오리가 휘고
두 귀와 꼬리가 찢어질 듯 파들거려도 버텨
바람결에 묻어오는 매향(梅香)을 맡고
빙글빙글 돌며 춤추는 사람들의 노랫소리를 듣는다,

해보다 늦게 떴으니
해보다 더디 내려오라

아뿔싸, 짧은 하루가 저물기도 전에
연의 무게를 이기지 못한 연줄이 먼저 끊어진다

어제 신문처럼 가라앉는 파란 연은
그러나 마른 들판으로 가는 대신
청둥오리들이 떠 있는 저수지로 내려온다,

하루가 참으로 짧으나
나는 날아올라 끝에 닿는다

온몸이 물든 파란 연이
바람도 없이 저녁에서 밤으로 너울너울 헤엄쳐 간다,
스스로 빛을 내면서
새파란 하늘
속으로
속으로

제3부

품다

코끼리가시나무, 이구아나선인장으로 덮인 모래땅에
도, 한구석에 맑은 눈동자의 연못이 있어, 한가운데 푸릇
푸릇한 나무 한 그루 자라고, 붉은가슴베짜는새들, 바쁘
게 나고 드는 둥지, 길쭉한 과일처럼 주렁주렁 매달려 있
어, 광풍 불어치고 빗줄기 몰아치면, 베 짜듯 가는 풀잎으
로 촘촘히 엮은 집들, 하염없이 가벼워, 격랑에 들볶이는
쪽배처럼 요동치고, 연못가 오두막의 사내, 오두막 안쪽
으로 흰 염소 떼를 몰아들이고, 불 밝힌 채 잠 못 이뤄 하
지만, 집이 흔들리는 소리에, 천둥소리에 흰 염소들도 몸
을 떨지만, 폭풍우는 물러가고 별빛은 드러나고, 푸른 새
벽 공기 속으로 붉은가슴베짜는새들, 긴 밤을 꾹 참은 오
줌발처럼 재잘재잘 쏟아져 나와, 더 날렵하게 공중의 집
을 맴돌고, 흰 염소들, 차가운 연못물에 따뜻한 혀를 적실
때, 사내는 야트막한 흙의 오두막을 둘러보지, 벽과 창문
에서 환히 빛나는 생채기를 어루만지며

허공에 드리운 집

뭉클뭉클한 구름 틈으로 수정 같은 히말라야
문득 보였다가 홀연히 사라지는
긴 여름날

목숨만큼 큰 배낭을 메고
땀 줄줄 흘리며
물웅덩이 팬 산길을 걷노라면

길 밖 아름드리나무
높다란 가지 끝에 아스라이 매달린 것들
풀잎으로 고치처럼 짠 새 둥지

저렇게 허술한 집 아래가 말짱 허공인데
꽁지깃이 기다란 새들,
바람에 대롱거리는 둥지를 버려두고
늙은 보리수 곁을 향기처럼 가벼이 날고 있네

저 멀리 꿈처럼 빛났다가
다시 구름 속으로 숨어드는 히말라야

집을 떠나서 집을 찾아가는 내 앞에
털썩 주저앉은 무거운 배낭처럼
벽돌집 한 채, 마음 바닥으로 와르르 무너져 내리네

다시 보니, 하늘나무에 주렁주렁 열린 헛집이 오색 꽃등
처럼 밝네

뼈가 뼈를 부르다
—티베트박물관에서

날다 지치거나 바람에 휩쓸리면
새마저도 주검처럼 떨어져 묻힌다는 히말라야를
마른 두 다리 두 팔
조그만 머리 하나로 훌훌 넘는
티베트 라마승,
죽어서는 두개골 그릇 하나, 뼈 젓가락 두어 벌로 태어나
산 사람의 밥상 위에서 또 몇 천 번
무릎을 꿇고 팔 뻗으며 미리 그이렀는지
구석구석 손때 묻은 염주처럼 반지르르하다

염불하듯 앉아 찬찬히 들여다보면
막 퍼 담은 밥의 따스함이 확 끼쳐 올 것 같고
무릎 꿇은 사람과 등불
흔들리는 눈빛, 보일 듯하고
골짝과 골짝 굽이치는 바람의 소리 들릴 것 같아

나라는 밥 한 그릇 담은 채
서른 몇 해, 거기에 밥 더 담으려 혀 빼물며 온 나
히말라야 어느 자락에 버려졌으면
싶은지, 그냥 또 밥 생각이 나는 것인지

두개골 그릇 하나
뼈 젓가락 수십 벌, 내 안에서 덜그럭거린다

망각에 닿는 다섯 개의 이미지

불빛

세 다리를 가진 검은 소가
온기 없는 해
등지고, 비탈을 올라가네

두 다리 내뻗을 때마다 처박을 듯 머리를 수그리며
남은 한 다리 끌어당겨 겨우 온몸을 곧추세우며

아이와 여자 사이로
아무도 대신 가 줄 수 없는 거기로

물 위의 다락방에 들어

나무 중심에
새는 집을 짓지만
날기 위해 가지 끝에 앉는다

끝에서 끝으로 몸 던지다
집으로 돌아가는

아니, 끝끝내 돌아가지 않는
새의 하루

장대 끝에
검은 새 한 마리 앉았고
새 날아가길 기다리며
장대 흔들리고

저류(底流)

잔디밭 가에 나무
나무에 등 비비는 흰말

나무 아래
배 드러내고 누운 사람
잠 속에 울리는 가장 낮은 현

수면(睡眠) 아래로 가라앉는
은빛 모래알들

거울 속의 거울

큰길과 만나는 골목 끝
신전(神殿)처럼 지나가는 코끼리를 보고
맨발로 달려가는 사람,
코끼리가 잠시 비쳤던 데서
빛의 오른편, 그리고 어둠의 왼편을
두리번거리네

눈은 검고 깊었지
귀는 밝으나 차가웠고
얼굴은, 얼굴……

경전을 받든 채
내가 아닌 그가
하염없이 눈 비비며 서 있는

Zero Hour

까마귀 떼 뒤덮은 하늘

빙 둘러
황금빛 내며 저물던 설산
보름달 빛 아래
은빛 알몸으로 누워
끌어내는, 내 뜨거운 입김, 오줌 줄기

서로 서늘한
다만 은세계

비

불 땐 아궁이보다 가까운 태양 아래
바람은 멎고 모기만 들끓는 나날,
마을 사람들도 개들도 그늘로만 숨어 다닌다
물소 떼와 염소 떼가
큰 나무 아래 엎드려 있는 동안,
망고나무 줄기도 바나나 잎도 모두 타들어 간다

식지 않는 천장 아래
땀 흘리며 뒤척이는 밤엔
마당에 드는 달빛조차 미지근하고

숨 쉬는 것들이 할 수 있는 일이란 없다,
살아서 다만 기다리는 것뿐,
오늘은 어제의 오늘
내일은 오늘의 내일

우물마저 바닥을 드러내 버린 삼백 일째 날
불모의 시간도 결국 바닥이 났는지
금빛 채찍들이 하늘에 번쩍이고
벌판 저 끝에서 신(神)의 코끼리 떼가 몰려온다

아득한 열기……

쓰러져 있던 마을 사람들도 개들도
하나둘 그늘 밖으로 달려 나와 춤추고
물소 떼와 염소 떼가 주인도 없이 공터를 몰려다닌다

코끼리 떼……
오랜 하늘과 땅의 울림……

눈물과 땀과 콧물로 범벅이 된 벌판에 바람이 분다
덩달아 숨 쉬는 것들이 모두 부산하다

아름다운 세상의 끝

하루

새벽닭이 울기 전
대문도 없는 집 앞을 빗자루로 쓰는 것

이 빠진 유리그릇에서
쌀가루를 한 줌 움켜쥐는 것

바람의 숨결대로 손을 움직여
동그라미와 세모, 네모를 검은 땅에 그리는 것

아궁이에 불을 지피고 그녀 자신의
배 속에도 한 그릇 뜨거운 쌀죽을 부어 넣는 것

가없는 무논에서 한 움큼씩
한 움큼씩 모를 심다가 집으로 돌아가는 것

새 떼가 쪼다 가고 염소들이 훑고 가서
울타리도 없는 집 앞에 흔적조차 남지 않는 것

늘 나눠 먹어도 배고프지 않는 것

벗다

이곳의 옷을 입고 먼 그곳으로 갔다,
허위허위

흙바람에 먼지가 묻고
쨍한 태양에 땀이 흐르고
살가운 사람들에 눈물이 번졌다,
그곳의 옷은 나날이 이곳의 옷이 되었다

옷을 빨아 태양 아래 넌다,
바람 속에 나부끼는 옷을 걷어
내 얼굴을 닮은 그들에게 하나씩 입혀 준다

어제 산 새 옷을 입고 더 멀어진 그곳으로 간다

우산

검은 비 맞으며 떠돌았네
사람들은 까마득히 지나갔네, 너를
바닥에 부딪히는 빗방울처럼
발끝에서 길은 끊임없이 흩어졌고
네가 가야 할 곳은 왼쪽에도
오른쪽에도, 그 어디에도 없었네

흐.느.끼.며.파.란.비.속.을.걷.는.
네 눈 속으로 흰 새가 날아왔네
새는 네 머리 위로 날며
바람개비처럼 맴을 그렸고
빗방울이 뽀얗게 흩날리는 동안
너는 구름에 잠긴 나무 아래로 이끌려 갔네
길은 더 이상 갈라지지 않았고
촘촘한 나뭇잎 하늘 밑에 서서
너는 점점 투명해지는 비를 바라보았네

새는 어깨 위에서 잠들고
키 큰 구름의 나무에 기대어
너는 느끼고 있네, 가는 빗줄기가

머리카락에서 발가락으로 흐르고 있음을
나무와 너에게서 모든 곳으로 뻗어 나감을

나의 흑색종(黑色腫)

—에바 캐시디(Eva Cassidy) 풍으로

서른, 허리에 새로 생겨난 점은 못생겼더랬죠
게다가 징그럽게 컸어요
서른, 거기로, 세상의 빛이 빠져나가고 있다더군요
의사가 숟가락으로 아이스크림 뜨듯
멀쩡한 살점과 그 점을 파내었는데, 친구들아
움푹 들어간 여길 만질 때마다
나무를 심지 못한 구덩이처럼 두고두고 허전했는데

그림자조차 없는 검은 나무가
내 몸에 씨를 떨어뜨린 줄은 몰랐네요, 까맣게
사 년간, 내 붉은 폐와 흰 뼈에
어둠을 무럭무럭 피우고 있는 줄은 영 몰랐네요

얼마 전 첫 앨범을 낸 뒤
하늘에 닿을 듯이 사다리를 타고 올라가
벽 가득 청새치를 그리는데요, 아빠
어째 엉덩이가 청새치 주둥이에 찔린 것처럼
몇 날 며칠 아프더라니요, 엄마

엊그제 그 의사가 말했듯이

나는 머잖아 창백한 점이 될 거예요

What a Wonderful World

햇빛 한가득 받은 이 강물에
나 섞여 점점이
흘러갈 때

여러분 앞에서 지금 부르는 이 노래를

숨어 있는 책

　
스무 해 동안 표지도 넘겨 보지 않은 책이
그 자리에 있었네
어디로든 가서 되살라며 헌책방에 넘겼으나
운명이 나름 감옥인지
여러 달 거쳐 찾아가도 여태 그 자리에 있었네
매번 만지다가 돌아와
한 해 지나서는 먼지투성이 책귀(冊鬼)처럼
날마다 가서 그 책을 읽었네
세 사람이 사랑하다 헤어지고 잊어
그 책이 비로소 뭉클뭉클했는데
어느 오후에는 누가 데려갔는지
그 자리에 없었네
마저 읽고 싶어서 두루 찾았으나
도서관에도 다른 헌책방에도 아주 없었네

그 책은
완결되지 않은, 그 책은

물속 유리구슬처럼 한 줄 떠오르지 않네
햇빛이 오래

그 자리를 들여다보고 있으나

어제의 내일

제4부

한국의 문화상징
―사인검(四寅劍)

호랑이 해
호랑이 달
호랑이 날
호랑이 시에
순백의 밤이 실종된 도시에서
만주 삼림 속
순록을 쫓는 아무르호랑이를 티브이로 보는
호랑이 민족의 시간,
검장(劍匠)들은 전깃불 아래 검을 벼린다
아무것도 벨 수 없는 휴전국
호랑이가 멸절된 이곳에서

옥수(玉水) Stn.

—
저 남자 위 지붕과
이 여자 위 지붕 사이로
소곤소곤 내리던 눈이

막 지난 여자와
곧 오는 남자 사이로
사뿐사뿐 내리던 눈이

잉잉 번뜩이는 철로는
포근히 덮지 못하고
죽 미끄러진다

더
잘게
부서진다

뺨이 두근거리고
눈알이 시리도록

—
나만 깨어 있는 네 잠 속에

8일

아득한 중심에서 얕은 네 집으로 흰 뱀이 기어 오다
네 집 근처 가느다란 굴속에 얼어붙었다,
목마른 너는 구멍으로 하염없이 입김을 불어넣더니
어둠의 뿌리가 되어 가던 흰 뱀을 녹여 8일의 밤에 움직
이게 하였다

쉬이— 쉬이—
흰 뱀이 개울로 흐르고 흐르더니
휘이— 휘이—
흰 뱀이 소용돌이로 돌고 돌더니
머리도 꼬리도 놓아 버렸다,
커다란 동그라미가 되어 네 집을 품었다

아직 덜 가신 어둠을 헤치며 네가 일어선다,
잔잔한 수면에 배 한 척 밀어 넣고
가운데 드러눕는다,
너에게서 첫 하늘이 바람도 없이 물결쳐
동그랗게 더 동그랗게 어둠을 밀어내며 깊어지고 있다

물소리에 눈이 감긴다

눈보라
—황병기의 「춘설(春雪)」 중 〈Ⅳ. 익살스럽게〉처럼

쏟아지더니
한쪽으로 몰려간다
반대쪽으로 날아간다
휙휙 솟구친다
빙글빙글 돌다가
슬금
슬금
내려가다가
다시
또

이놈들!

춘심(春心)

　자주 소용되지 않는 세간은 마루방 찬장 장롱 궤 서랍
장 항아리에 따로 갈무리하던 할머니, 요긴할 때면 각각
불러내던 그 손길이, 잡초 하나 없이 호미로 마당을 가꾸
던 그 바지런함이, 폐렴이 귀멀게 한 구순(九旬) 무렵엔 불
빛이 흐릿해져 머리맡 서랍장에 물건을 두고도 쉬 찾지 못
했다, 며느리가 어디에 뭘 두었는지 미처 다 알기도 전에
할머니는 감꽃 지듯 훌쩍 떠나 버리고, 그다음 날로 고모
셋이서 십수 년 전 할머니가 손수 마련한 수의를 온 집 안
을 뒤져 찾았는데, 그 한 벌에 좀먹지 말라 쟁여 놓은 한
보루쯤 되는 담배를 끄집어내며 진저리 쳤는데 아차, 염
장이 그 몸의 마지막 옷을 수습할 때 담배 한 개비가 남은
자들의 지상으로 툭 떨어졌다, 오랜 기억에 눅어 납작하
고 누렇게 색이 바래어

　옛집에 매화 향기 그득한 이 밤, 몸내 맡으며 자던 밤들
이 생각나 몸뻬 바지에 코를 묻는다, 손수건을 펼쳐 당신
의 손길 밖 88골드를 곁에 두고서

쑥바지락된장국

툭툭 터지는 매화꽃과
갓 피어나는 개나리꽃과
흐드러진 목련꽃을 한꺼번에 보고
돌아와
장님처럼 저녁상 앞에 앉는다

잔광처럼 반짝이는 바지락의 바다가
파릇파릇한 쑥의 들판으로
밀물지니
입안 가득 구수하고 향기롭다,
혀가 신나서
고래처럼 뛰어오른다,
어둑어둑하던 눈이 번쩍 뜨인다

아작—
아작—

씹히는 모래알들은
쑥이 아니라 바지락의 전언이란다,
바다와 헤어지기 전

뱉고 싶어도
그러지 못한

내뱉으면 모두 사라질까 봐
꼭꼭 잘게 씹어서 삼킨다,
이 저녁의 기식자도

그 사람 생각에

바탕화면

침대는 누워 있고
의자는 앉아 있고
책상은 엎드려 있고
책장과 옷장은 서 있고

노래를 잃은 라디오 곁에서
창은 밖을 내다보고 있는데
오늘도 돌아오지 않네, 그녀는
벽이 되어 가네, 문부터 방바닥, 천장까지

원룸을 들여다보는 거울을 삼색 고양이가 바라보고 있는

십이월, 동백

햇빛이 어루만져도
해풍이 쓰다듬어도
반지르르 흘려만 보냈다

하룻밤 그득
유리알 같은
만월을 품어

만 개나 되는 문을 활짝 열어젖혔다,
동백

울도 담도 없는 집에
직박구리와 까마귀까지 날아와
사흘씩이나 내리 동네잔치를 즐겼다

흔들고
흔들리며

이생으로 첫눈이 한 뼘 두 뼘 쌓였다

0호선 급행

문이 열리면 길에 들어서라,
들어서면 앉거나 손잡이를 잘 잡고
서 있어라, 되도록 문에는 기대지 마라,
그렇게 해야 보이지 않는 기관사와 함께
이 역에서 다음 역까지 네 길을 쭉 뻗게 되리니
그것도 아주 빠르게, 네가 버리는 시간이 없도록

우리는 집단 이동 도로의 이용 규정을 몸소 받아들인
0호선 승객들, 너와 나 사이에 가로놓인 복도는
오뉴월의 시냇물처럼 매끄러워라

오늘은 더욱 매끄러워라,
우리가 뻗어 나가는 길과 역(逆)으로
반투명한 데다 속 그득한 파란 봉지를
끌고 가는 늙은 여자가 보이기도 한다,
그저께 쓸어 담은 국물 봉지가
살림살이 속에서 툭 터진 듯
시큼한 하수를 질질 흘려 가면서

지상에선 봄날의 해가 저물어 갈 이때

다음 칸으로 넘어가는 허연 점액질에
질끈 눈을 감아도
콧속까지 시큰거린다, 승객들은

겹겹 껴입은 제 몸을 끌고
우리의 길바닥을
언제까지 저 달팽이가

느릿느릿

시차

─

삼십 년 전에 살던 동네에
십 년 전에 입던 옷을 걸치고
이십 년 만에 나 홀로 찾아갔다
여럿이서 함께 지내던 그 집은
담도 대문도 나무도 사라지고 없었다
노랫소리조차 들려오지 않았다
오로지 한 사람이 살고 있었는데
십오 년 전부터 그것들을 볼 수 없었다고 했다,
그들까지

저 건너편 집에 목련이 피면
다른 곳으로 이사 갈 거라고 했다,
곧 새집이 들어설 거라서
그마저

십 년 전의 그 옷을 입은 채로
삼십 년 전에 내가 있던 그 동네를
이십 년 만에 잠깐 들른 그 동네를
다시 떠난다, 나는
지은 지 십수 년이 된 집으로 돌아간다

그 어디엔가 있을

흔(痕)

얼른 집으로 가야 한다,
하얀 새 운동화를 누군가에게 툭 차였으니
새카만 때를 지워 버리러,
구입한 헌책에 밑줄과 동그라미가 남아 있으니
눅은 흑연을 날려 버리러

그들에게서 왔으되
알 수 없는 그들에게로,
혹 알아낸다 해도 그들에게로
두 번 다시 돌려보낼 수 없는 일

새하얀 신코는커녕
말끔한 판면(版面)도
다시 볼 수 없으리라는 것을 잘 알지만
신발 지우개로 닦고
종이 지우개로 문지르니

꾸물꾸물, 뭉쳐지는, 지우개 똥,
꾸역꾸역, 쌓여 가는, 지우개 똥,

몇 분간이나마
시원히 관계하였음을
손끝으로 툴툴 털어 낸다,
그런 자리마다 잿빛이 빙그르르 감돈다

그 누구의 것도 아니라서
더 날카롭고 깊었던 때와 흑연이
저리 엷어져

그대로 한 켤레의 운동화와 한 권의 책이 되었다,
출입문 안에, 내 책상 위에 놓였다, 응달인 듯

할머니 바다

—

빨간 고무신
분홍 고무신
하얀 고무신을
가지런히
비뚤배뚤
엎치락뒤치락
벗어 놓고
홍,
숙이,
광자와
동무들이
저 푸른 물에서
이 파란 하늘로
들락날락거리네

호오호오
후우후우
샛바람 따사로이 불며

—   해삼

96

멍게
소라를
물 위로 연신 끌어올리니

방파제 위
고무신 열 켤레에도
아침 햇살 한가득 출렁거리네

시간 외 타종

—

새 떼 춤추는
황금 연못을 물수제비뜬다,
부드러운 맨발의 그녀

흰 개 목덜미를 나, 쓰다듬는다
서른세 번 울려
오는 동그라미 속에서

환한 불두화와
영근 보리수,
사이

모든 털들이 곧추서
파르르 떤다

그녀와 흰 개와 나의

—

자작나무 편지

먼 통나무집에 혼자 머무를 때
뜰 앞에서 날 위해 노래하던 자작나무
그 붉고 부드러운 속껍질에
내가 한 자 한 자 적어 넣은 건
그대를 생각하며, 내가
살아온 날만큼의 햇빛과 바람 소리, 그리고 빗방울

그대가 날 읽어 내려가는 동안
나는 긴 산맥과
강물을 한 줄기 두 줄기 짚어 올라왔고

이 맑고 푸른
날에

내가 그대의 무릎을 베고
한 줄 두 줄
읽어 나가는 따뜻한 목소리를 들으니

그것은 다시
내 두 눈이 환하도록

그대가 살아온 날만큼의 햇빛과 바람 소리, 그리고 빗
방울

읽어도
읽어도
끝나지 않을 그대와 나의 이야기는
만젤쉬땀의 시집에 꽂아 두고

그대와 나의 자작나무 숲으로 걸어 들어가네, 우리

'사이,'의 시학

고명철(문학평론가)

0.

최동일 시인에게.

저는 그날을 뚜렷이 기억합니다. 여느 때처럼 그날도 우리는 선술집에서 저잣거리의 잡다한 일들과 문학 관련 사안을 안주 삼아 소주잔을 기울였어요. 술의 묘미는 참으로 기막힌 게 술이 술술 들어갈수록 서로의 흉금을 털어놓게 되는 어떤 극적인 떨림의 순간이 있는데, 그날 당신은 그 떨림의 순간에 당신 특유의 방식인 듯 태연스레 숨을 가다듬더니 가방에서 서류 봉투 하나를 꺼내고 제게 건넸어요. 당신이 2009년부터 시단에 발을 들여놓은 뒤 써 온 시편들의 묶음이었습니다. 고백하건대, 그 서류 봉투를 손에 쥐는 순간 모종의 떨림을 당신에게 들키지 않으려고 제 딴에 태연한 척 시들을 잘 읽어 보겠노라고 심드렁히 얘기했어요. 그리고 얼마나 계면쩍었는지 당신은 모를 거예요. 당신과 잦은 술자리를 가지면서, 그때까지만 하더라도 당신의 작

품을 제대로 읽어 본 적이 없었거든요. 그렇게 당신의 시편들을 이후 틈틈이 음미하면서 첫 시집으로 묶인다면, 외람되지만 제가 해설을 쓰고 싶었습니다.

1.

이번 시집을 본격적으로 해설하기에 앞서 이런 군말로 시작하는 데에는, 시집 전반을 관통하고 있는 당신의 시 세계의 중핵으로 톺아봐야 할 "**사이,**'의 시학'이 시뿐만 아니라 삶의 영역에까지 두루 미쳐 있다는 생각을 지울 수 없기 때문입니다. 시집의 맨 앞에 놓인 「확산」은 이를 노래하는 대표작으로 손색이 없습니다.

꽃 핀 금목서와
꽃 피지 않은 은목서
사이,
없는 길로 걷는다

내 이름 부르며
날아온 새,
두 눈을 쫀다

핏물의 향기,
오른편과 왼편을 지운다

―「확산」 전문

아주 평이한 시어로 이뤄져 있되, 이 시가 품고 있는 시적 전언과 비의성은 결코 간단히 넘겨볼 수 없어요. 이 시에서 주목해야 할 것은 시의 화자인 '나'와 '새'의 행위입니다. '나'는 "꽃 핀 금목서와/꽃 피지 않은 은목서/사이,/없는 길로 걷"고 있는데, 그 순간 '새'가 '나'의 두 눈을 쪼아 버립니다. 이내 두 눈에서는 "핏물의 향기,/오른편과 왼편을 지"워 버리죠. 그렇다면 '새'는 왜 '나'의 눈을 쪼았을까요. 이 일련의 행위와 결과는 당신의 시작(詩作)의 비밀을 응축하고 있지 않는지요. 에둘러 가지 않고 얘기해 볼게요. 이 시에서 '새'는 시인으로서 당신이 태연한 척하지만 간절히 조우하고 싶은 '시'이며 '예술'이며 '미(美)'의 실재인데, 이 '새'에게 눈이 쪼이는 곳을 눈여겨봐야 합니다. 그곳은 우리에게 낯익은 길이 아니라 꽃이 핀 나무와 꽃이 피지 않은 나무 '사이(間)'의 "없는 길"입니다. 그런데, 바로 여기서 한층 예의 주시해야 할 대목이 있습니다. 이 '사이'의 속성이 예사롭지 않습니다. 하마터면 놓칠 뻔한 시적 표현으로, '사이' 다음에 바로 '쉼표(,)'가 붙어 있어요. 통상 쉼표가 없는 '사이'라는 단어만으로도 이 단어가 지닌 뜻이 어떤 것들끼리 시공간의 거리를 함의하듯, 애오라지 쉼표를 덧보탬으로써 어떤 시적 감응력이 배가될까요. 일반적으로 '사이'의 물리적 속성이 정태적 속성을 띤 것이라면, 당신의 시적 표현인 "**사이,**"에서 '쉼표'는 이 정태적 속성을 형식논리로 더욱 강조하는 그런 문장부호로 기능하는 것일까요. 물론, '쉼표'의 그런 정태적 속성 자체를 전면 부정할 수는 없어요.

하지만, 당신의 **"사이,"**에서 '쉼표'는 정태적 속성만으로 충족되지 않는, 정태적 속성을 순간 뒤흔들어 전복시켜 버리는 우주적 힘을 온축하고 있습니다. 이것은 위 시에서 **"사이,"**가 독자적 한 행으로 이뤄지고 있는 것을 주목해야 할 이유입니다. 그것은 다음 행에 나오는 "없는 길"의 속성이 말 그대로 아무것도 없는, 어떤 것들의 움직임이 존재하지 않는 그래서 부재의 길처럼 보이지만, 바로 그 순간 '나'의 눈을 쪼는 '새'가 비행하며 가르는 허공의 길로 그 속성이 전도되거든요. 그래서 흐르는 눈의 핏물은 그 길 위를 가득 채운 '금목서'와 '은목서'의 향내를 머금은바, '나'의 "오른편과 왼편을 지운다"의 메타포가 나타내듯이 '나'는 세속의 이러저러한 이해관계에 휘둘리지 않는 시(혹은 예술)의 지경에 이릅니다. **'사이,'**는 그러므로 당신의 시편들에 스며들어 시 쓰기를 추동시키는 시학으로 자리하고 있습니다.

그래서 저는 당신의 시 쓰기를 **"사이,'**의 시학'으로 명명해 봅니다. 여기서, 「확산」이 당신만의 독창적 **'사이,'**의 시적 표현으로 당신이 추구하는 시와 예술에 대한 메타포를 나타낸다면, 「빈 곳이 없다」는 구체적 심상으로 이에 대한 미의식을 드러내고 있어요. 「빈 곳이 없다」에서 시의 화자는 한겨울 상수리나무, 백양나무, 아카시아나무 숲을 지나며, 그 나무들 "사이로 드드드드 들리는 딱따구리 소리"를 들으며, "들길로 이어지"는 "오솔길에 들어"서며, "사뿐사뿐 들길 걸어 빈 들판으로 접어"들고는, "흰 꽃잎이 하늘 한 가득 날려" 오는 황홀경에 에워싸입니다. 저는 이 시에서도

'사이,'의 시적 감응력의 묘미를 눈여겨봅니다. '내'가 솔숲으로 들어가 나무들 사이를 지나갔지만, 기실 나무껍질 속을 파고드는 '딱따구리'의 소리 '사이'로 지나갔다는 것과, 그렇기 때문에 솔숲 길을 지나 오솔길과 들길을 지나는 '나'의 "한없이 가벼운" "사뿐사뿐 들길"의 속성이 이내 "흰 꽃잎", 곧 '하얀 눈'의 심상으로 변환합니다. 그러니까 이 시에서 "딱따구리 소리"는 바로 '쉼표'의 역할을 수행한다고 해도 과언이 아니죠. 한겨울 솔숲과 오솔길과 들길 사이의 정태적 속성은 "딱따구리 소리"가 틈입되면서 그 사이의 길들은 이내 '흰 꽃잎 하얀 눈'으로 만발한 미의 세계로 현현됩니다. 그리하여 시의 화자는 세계의 '거리가 확보되지 않고(無間)' '경계가 구획되지 않는(無界)' 태허(太虛)의 경이로운 미적 체험을 하게 됩니다.

> 그 자리에 서서 온몸으로 흰 꽃잎을 맞는다
> 뒤돌아보니 산도 없고
> 올려다보니 하늘도 없고 둘러보니 들판도 없다
>
> —「빈 곳이 없다」 부분

그렇습니다. 태허는 당신의 시적 사유에서 헤아릴 수 있듯, 아무것도 없는 텅 비어 있는 부재가 아니라 역설적으로, 온 세상이 "빈 곳이 없"을 만큼 '흰 꽃잎 흰 눈'으로 덮여 세상을 도통 분별할 수 없을 미의 경이로운 감응력으로 가득 채워진 게 아닐까요.

2.

이와 관련하여, 당신의 시편에서 시의 리듬을 얘기해 볼까 합니다. 좋은 시가 득의하는 미의 경이로운 감응력은 시의 리듬이 어떻게 구동되는지 중요하거든요. 그런데 당신의 시의 리듬은 다른 시인의 그것과 구별되는 점이 있어요. 흔히들 시 텍스트 구조의 형식미의 차원에서 시의 리듬이 구축된다면, 당신의 시의 리듬은 이것과 다른 시의 구연적(口演的) 상황-맥락의 차원에서 수행되고 있습니다. 이것은 "**사이,**'의 시학'을 뒷받침합니다.

차고 넘치는 빗소리에

휩쓸려

새벽은 까마득히 떠내려가고

빨래처럼 젖은 아침,

잿빛 나비도 한 마리

물방울처럼

엉겅퀴 꽃에 앉아

─「숨」 전문

「숨」을 온전히 음미하기 위해서는 시의 리듬을 절로 타야 하는데, 이를 위해 이 시의 상황 맥락 속으로 들어가 보죠. 지난밤 폭우 소리에 "새벽은 까마득히 떠내려가고//빨래처럼 젖은 아침,"이 왔습니다. 여기서도 여지없이 '아침' 다음에 '쉼표'가 따라오는군요. 바로 이어서 폭우가 언제 쏟아졌냐는 듯, "잿빛 나비" "한 마리"가 "물방울처럼//엉겅퀴 꽃에 앉아" 아침을 맞이합니다. 잠시 상상의 나래를 펼쳐 볼까요. 얼핏 보면, 간밤 폭우가 지나간 아침 나비 한 마리가 꽃에 앉아 있는 장면을 포착한 소품처럼 보이지만, 예의 쉼표가 지닌 '**사이,**'의 시적 표현이 함의하는 시공간의 변환과, 비록 시어로써는 구체화되지 않았으나, 간밤 폭우를 피해 있던 나비 한 마리가 작은 날갯짓을 힘겹게 하면서 축축한 자신의 몸을 아침 꽃에 얹어 놓기 위한 혼신의 유영을 짐작해 볼 때 「숨」에는 우주의 에너지와 그 율동이 흐르고 있습니다. 나비의 유영과 착지는 거시적 우주의 시각에서 볼 때 아주 미약하고 보잘것없는 움직임에 불과하지만, 우주의 한 생명은 간밤 폭우의 에너지에 못지않은 자신의 생명의 에너지를 증명하듯, 허공을 부드럽게 유영하면서 활강하여 꽃에 착지하는 우주적 생명의 율동을 유감없이 선보입니다. 이것이야말로 「숨」의 시적 상황 맥락이 은연중 생성하는 시의 리듬이 아니고 무엇일지요.

이러한 당신의 시의 창조적 리듬은 「혼자 추는 탱고」와 「눈보라」에서 확연히 감지됩니다. 두 시 모두 음악과 춤이 절로 어우러져 자아내는 구연적 상황 맥락의 시의 리듬을 주목할 수 있어요. 「눈보라」는 가야금의 명인 황병기의 가야금 연주를 노래한 것으로, 당신의 시를 묵독하고 있는 동안 관객으로서 가야금 연주 장면에 심취하는 것을 넘어 "쏟아지더니" "돌다가" "내려가다가" "몰려간다" "날아간다" "솟구친다" 등속의 가야금 연주에 빙의된 양 가야금을 직접 켠 듯 내 손가락 끝이 저려 왔습니다. 이런 것이 시적 정동으로 수행된 시의 리듬이 아닐까요. 그런가 하면 「혼자 추는 탱고」의 경우 북극의 눈보라가 마치 "백만 이랑의 물결"처럼 휘몰아쳐 오는데, 이 거대한 북극 한파 사위에서 "솔개 한 마리"는 "휩쓸리지 않는 꽃잎처럼 느리게 맴을 그"리고, "아우우우우우" "저 멀리서 늑대가 떼로 몰려오는/설원의 하늘"과 북풍을 무대 삼아 "나는, 두 팔을 쭉 뻗고/한쪽 발끝으로만 거대한 땅을 딛고" 홀로 탱고를 춥니다. 실로 기막힌 우주적 율동이며 이에 대한 시적 리듬의 감응력의 확산이 아닐 수 없어요. 북극 한파 사위의 창공에서 맴을 그리는 솔개와 떼로 몰려오는 늑대의 하울링, 그리고 이 모든 것을 파트너 삼아 홀로 땅을 딛고 추는 탱고……. 그렇다면, '나'도 탱고를 추고 있지만, 솔개와 늑대도 그들만의 방식으로 탱고를 추고 있는 것은 아닐지요. 우주적 탱고를 말이에요. 이것은 다시 말하지만, 시 텍스트의 구조적 형식미의 차원으로 도저히 포착할 수 없는 그것과 전혀 다른 차원으로 감지되어야 할 구연적 상황 맥락으로서 시의 리듬입니다.

3.

최 시인, 당신은 이미 눈치를 챘을 겁니다. 지금까지 저는 첫 시집을 관통하고 있는 당신의 시학에 초점을 맞춤으로써 독자들이 당신의 시를 온전히 이해하는 데 도우미 역할을 충실히 했으면 합니다. 그래서 제가 주목하고 싶은 다음의 화제는 사랑과 미, 그리고 생의 시적 진실에 대한 당신의 시 세계입니다. 관련한 여러 시편 중 그동안 시간의 저편에 둔 채 다시 돌아가 회복할 수 없다고 일찌감치 체념해 버린 낭만적 사랑의 정념에 훗훗해지도록 한 시를 만났어요. 「맨발」이 바로 그 시예요. 아마도 독자들이 이 시를 접하면, 저마다 간직한 사랑과 이별, 그 낭만적 정념 때문에 남에게 들키지 않을 정도의 미소가 입가에 살포시 번지지 않을까요. 시의 화자는 "연초록 잎 위에 소복이 쌓인 흰 꽃 무더기" 아래 "팔짝팔짝 뛰어다녔"던 누군가를 회상합니다. 그 장면이 '나'에게는 얼마나 그립고 아름다웠던지 이팝나무 꽃이 졌는데도 불구하고 '나'는 "언젠가 이 꽃, 다시 보러 오지 않겠니?"라고 그에게 묻지만 그는 '나'의 속마음을 헤아리지 못해 "고개만 갸웃"할 뿐이에요. 사랑은 그래서 아무도 알 수 없는 신비한 그 무엇인가 봐요.

이팝나무 곁에 서서 난

꽃 진 하늘만 올려다보다

잠시 손 놓듯이 돌아선다, 신발을 벗어 두고

내 귀에는 들리지 않게

네 이름을 부르며

—「맨발」 부분

　사연은 알 수 없되, '나'와 그는 이팝나무 흰 꽃 무더기 아래 다시 함께 자리하지는 못했어요. 시쳇말로 이별했을 공산이 커요. 하지만 '나'의 사랑은 비록 낭만적 정념에 사로잡혀 있지만, 한층 사랑스레 그것도 관능적 행위로 '나'만의 사랑을 하고 있어요. '나'는 지금은 부재하지만 그때 함께 밟았던 이팝나무 꽃 진 아래 "신발을 벗어 두고" 맨발로서 있어요. 과거 그가 "팔짝팔짝 뛰어다녔"던 그의 생명적 아름다움의 율동이 지금도 땅에 그 에너지의 흔적으로 남아 있기라도 한 듯, '나'의 맨발은 그때 그의 생명적 율동을 감지하고자 합니다. "내 귀에는 들리지 않게/네 이름을 부르"면서……. '나'의 이런 시적 행위는 흡사 사랑의 영원을 간직하고자 주문(呪文)을 외우는 사랑의 주술사를 상기시킬 만큼 「맨발」의 사랑은 치명적으로 싱그럽고 아름답습니다. 그래서일까요. 당신의 시에서 목도하는 낭만적 사랑의 정념은 이별의 속성을 띤 가운데 영원한 이별의 저편으로 갈라서지 않는, 그렇다고 현재의 시공 속에서 다시 뜨거운 열정의 사랑을 교호하는 게 아닌, 이 역시 **'사이,'**의 시적 진실을 내면화하고 이를 일상으로 수행하고 있습니다. 가령, 다음의 시에서는 예의 사랑이 '햇빛 산책자'의 심상으로 노래되고 있어요.

앞마당 가로지른 빨랫줄엔
흰 목수건 한 장
만년일광(萬年日光)을 시방(十方)으로 펄럭거린다
오래 사랑했어야 할 그 사람
새하얗게 잊힌
지난 여름날의 일력처럼

—「햇빛 산책자」 부분

"오래 사랑했어야 할 그 사람"에서 단적으로 알 수 있듯,
지금은 헤어져 있습니다. 하지만 그를 향한 사랑이 끝난 것
은 아니에요. 숲길 암자 앞마당 빨랫줄에 걸린 "흰 목수건
한 장"은 이내 사랑의 표상으로 변환되며 '나'는 그 목수건
이 "만년일광을 시방으로 펄럭거"리는 영원한 사랑, 곧 태
곳적부터 현재까지 낮과 밤 사이 비친 햇빛의 에너지를 머
금은 그런 활력과 생기의 정동을 띤 아름다운 사랑을 품고
있으니까요.

4.

물론, 당신의 시에 이런 사랑의 정념과 생의 노래만 있는
것은 아닙니다. 정반대편에 있는 죽음충동과 소멸에 관한
시적 진실 또한 당신은 치열히 궁리하고 있습니다. 이것과
관련하여 눈에 띄는 시편들이 있어요. 할머니가 등장하는
시들인데(「저녁 한 그릇」, 「춘심」, 「할머니를 바라보다」, 「할머니 바다」),
「할머니 바다」를 제외하면 모두 죽음과 소멸의 심상이 지배

적인 듯해요. 하지만, 기실 네 편 모두 죽음과 삶은 완전히 분리된 세계가 아니라 앞서 '**사이,**'의 시적 진실이 여기에도 미치듯이 죽음 속으로 삶이 파고드는가 하면, 삶 속으로 죽음이 파고드는, 그래서 이 양립할 수 없는 절대 불변의 세계는 '삶죽음' 또는 '죽음삶'이란 모순형용어를 낳습니다. 당신의 시 세계에서 이 점을 간과해서는 곤란하다고 생각합니다.

가령, 대밭에서 누군가가 사용했을 복(福) 자가 새겨진 사기그릇을 깨끗이 닦은 뒤 그것을 머리에 쓴 채 따뜻하고 푸짐한 저녁을 기다리며 그것에 고봉밥 먹을 것을 기대한 손자에게 할머니는 그 사기그릇을 산 사람이 써서는 안 되고 "죽은 사람 것이니 밥을 담아도 산 사람이 먹어서는 안 된단다"는 일상의 준열한 가르침을 주고(「저녁 한 그릇」), 할머니가 죽음을 대비하는 차원에서 마련한 수의가 좀먹지 않게 하기 위해 담배 한 보루를 쟁여 놓았는데 염장이가 "마지막 옷을 수습할 때 담배 한 개비"가 떨어진 것을 지켜본 손자는 담배를 곁에 두고 할머니의 삶과 죽음이 연접해 있는 '삶죽음 죽음삶'에 대해 성찰하고(「춘심」), 석류나무와 동백나무의 생의 고통과 환희를 지켜보면서 꽃상여를 보던 할머니가 꽃상여를 타고 저세상으로 가듯, "겨울은 물러가고/봄은 더욱 가까이에 있는 아침 한나절/석류나무는 비어서/동백은 꽃이 져서" 어김없이 삶과 죽음은 연접해 있습니다(「할머니를 바라보다」). 게다가 동무들과 함께 고무신을 방파제 위에 벗고, 해산물을 신명 나게 채취하던 바다를 회상

하는 할머니는 알고 있습니다. 언제까지 항시 그 생명의 바다에서 죽음을 맞이할 자신이 해산물을 마냥 채취할 수 없다는 것을 말입니다(「할머니 바다」).

그렇다면, 문득 궁금한 사항이 있습니다. 할머니처럼 타자가 아닌 시적 주체는 세계의 고통과 상처를 어떻게 아파하며 응시하고 있을까요. 첫 시집이 독자에게 흥미로운 것은 시인의 시적 퍼스나를 통해 이런 면들이 진솔히 드러난다는 점이에요. 이와 관련하여, 대단히 공포스럽고 안타까운 것은, 오른쪽 왼쪽 옆구리에 철사가 꽂혀 "꿈틀꿈틀 말라 가는 지렁이/뚝뚝 끊어지는 지렁이"와(「독방」) 동일시되는 시적 주체는 어둠 속에서 이 모습을 응시할 뿐이죠. 하지만 이것은 역설적으로, "스스로 갇힌 네 열망, 뜨겁고/웅크릴 데조차 없는 네 절망"의 처지에서(「12월 31일」), "몸은 들끓고/그을음 같은 생각들, 마룻장에 켜켜이 내려앉는" 현실 속에서(「물속의 거울」) 자기 치유와 자기 구원을 향한 간절한 호소와 다를 바 없습니다. 이것은 그동안 "들끓는 내 몸을 못 견디고 나온 독"을 제거 및 해독하는 것이기도 합니다(「Gracias a la vida」).

시집의 제3부에 수록된 시편들은 당신의 인도 아대륙 생활을 보이는데, 이 시편들은 예의 자기 치유와 자기 구원의 시작(詩作)을 수행하고 있습니다. 인도 아대륙의 풍경과 삶은 가히 종교와 세속이 분리되지 않는 성속일여(聖俗一如)의 진실 그 자체입니다. 자본주의 이해관계의 삶으로 점철된 우리의 일상 속에서 악다구니 치며 자신의 이익을 극대화

함으로써 부의 축적이 모든 삶의 목적으로 수렴되는 악무한의 세계로부터 비껴 난 그 겸허한 일상과 풍경을 당신은 고스란히 소박하게 노래하고 있어요(「품다」, 「허공에 드리운 집」, 「뼈가 뼈를 부르다」, 「하루」). 그중 「하루」는 인도 아대륙에 살고 있는 민중의 하루 온종일의 삶을 담담히 소개하고 있는바, 자신의 집 앞에 한 줌의 쌀로 기하학적 문양을 그림으로써 그 문양의 신화학적 상징은 뭇 존재와 겸허히 하루를 시작하는 것을 함의합니다. 하루의 시작은 이렇게 지극히 세속적이되 신화학적 문양을 그리는 종교적 삶과 자연스레 이어져 있습니다. 그러고는 자신과 동물들이 함께 먹을 것을 나눠 먹는 공존과 공생의 삶의 기율을 실천합니다. 그러고 보니 이런 세상의 삶은 절로 자기 치유와 자기 구원을 수행하는 셈이에요.

5.

최 시인, 해설을 마무리 지으면서, 끝으로 자꾸만 눈에 밟히는 시가 있어요. 인도 아대륙의 가뭄이 해갈되는 풍경을 포착한 「비」는 신과 인간과 동물과 자연이 한데 어우러진 한바탕 신명 난 축제의 장관을 재연(再演)하고 있습니다.

> 우물마저 바닥을 드러내 버린 삼백 일째 날
> 불모의 시간도 결국 바닥이 났는지
> 금빛 채찍들이 하늘에 번쩍이고
> 벌판 저 끝에서 신(神)의 코끼리 떼가 몰려온다

아득한 열기……

쓰러져 있던 마을 사람들도 개들도
하나둘 그늘 밖으로 달려 나와 춤추고
물소 떼와 염소 떼가 주인도 없이 공터를 몰려다닌다

코끼리 떼……
오랜 하늘과 땅의 울림……

눈물과 땀과 콧물로 범벅이 된 벌판에 바람이 분다
덩달아 숨 쉬는 것들이 모두 부산하다

아름다운 세상의 끝

—「비」 부분

　애타게 기다리던 비가 찾아왔어요. 이 비는 "신의 코끼
리 떼"로, 비가 내리는 것은 곧 "신의 코끼리 떼"가 방문하
는 것이며, 신과의 한바탕 즐거운 놀이에 차별은 있을 수
없어요. "마을 사람들도 개들도" "물소 떼와 염소 떼"도 "하
늘과 땅의 울림"의 저 우주적 장단 속에서 "덩달아 숨 쉬는
것들이 모두 부산"합니다. 이 한바탕 어울림이야말로 실로
"아름다운 세상의 끝"이 구현된 세계가 아니고 무엇일까요.
아닙니다. 당신의 "**사이,**'의 시학'을 염두에 두면, 이 끝은

어떤 새로운 시작과 '**사이**,'의 시적 진실을 함의하듯, 인도 아대륙의 특정 지역에만 국한되는 게 아니라 지구촌 다른 지역에도 번져 나가는 한바탕 장엄한 우주적 축제로 수행될 것입니다. 최 시인의 시작(詩作)은 그러므로 우주적 축제를 한층 더 신명 나게 높은 차원으로 고양시킬 수 있을 터입니다.